CAIO RITER

UM REINO TODO QUADRADO

ILUSTRAÇÕES:
ROSINHA CAMPOS

Paulinas

Dados Internacionais de Catalogação na Publicação (CIP)
(Câmara Brasileira do Livro, SP, Brasil)

Riter, Caio
    Um reino todo quadrado / Caio Riter ; [ilustração Rosinha
Campos]. — 4. ed. — São Paulo : Paulinas, 2014. — (Coleção
magia das letras. Série letras e cores)

    ISBN 978-85-356-2027-6

    1. Literatura infantojuvenil   I. Campos, Rosinha.   II. Título.
III. Série.

14-10713   CDD-028.5

Índices para catálogo sistemático:
1. Literatura infantil   028.5
2. Literatura infantojuvenil   028.5

4ª edição – 2014
4ª reimpressão – 2022

Revisado conforme a nova ortografia

Direção-geral: *Flávia Reginatto*

Editora responsável: *Maria Alexandre de Oliveira*

Assistente de edição: *Rosane Aparecida da Silva*

Coordenação de revisão: *Marina Mendonça*

Revisão: *Ruth Mitzuie Kluska*
Ana Cecilia Mari

Direção de arte: *Irma Cipriani*

Gerente de produção: *Felício Calegaro Neto*

Foto Caio Riter: *Luis Ventura*

Produção de arte: *Wilson Teodoro Garcia*

Paulinas
Rua Dona Inácia Uchoa, 62
04110-020 – São Paulo – SP (Brasil)
Tel.: (11) 2125-3500
http://www.paulinas.com.br – editora@paulinas.com.br
Telemarketing e SAC: 0800-7010081
© Pia Sociedade Filhas de São Paulo – São Paulo, 2007

Para Laine, Helena e Carolina,
que me mostram todos os dias
as infinitas possibilidades das cores.

Para além da curva do horizonte, lá onde morre o sol, havia um reino. Um reino quadrado e azul.

Tudo era certinho: quadrado e azul. Quem não era azul--quadrado, era quadrado-azul. E o reino vivia na mais perfeita ordem e paz.

O rei usava uma grande coroa azul. E quadrada. Sua alegria maior era ver a tranquilidade que existia em seu reino. O povo era obediente e trabalhador, bem assim como o soberano gostava: nada de questionamentos, nada de contestações.

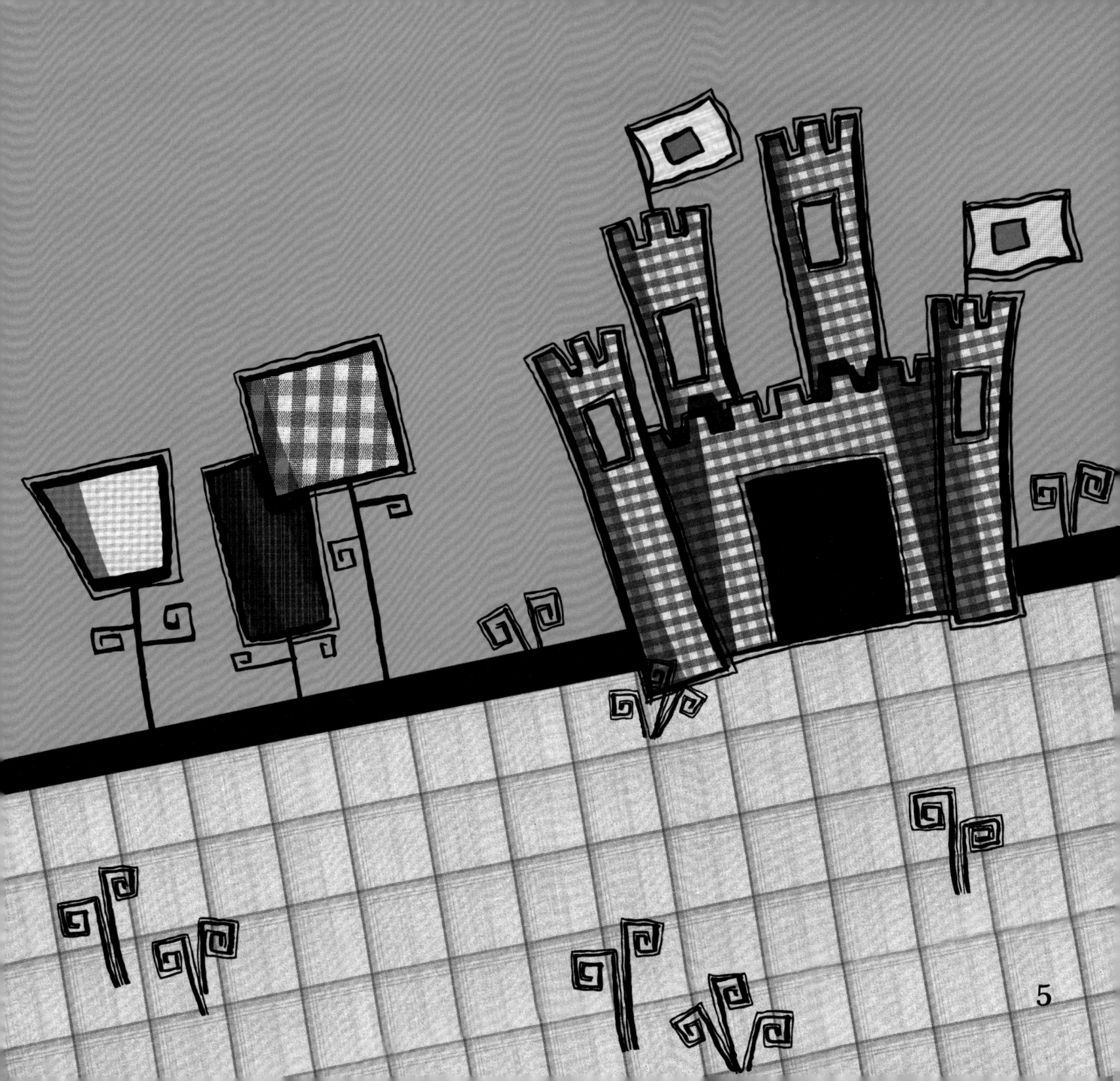

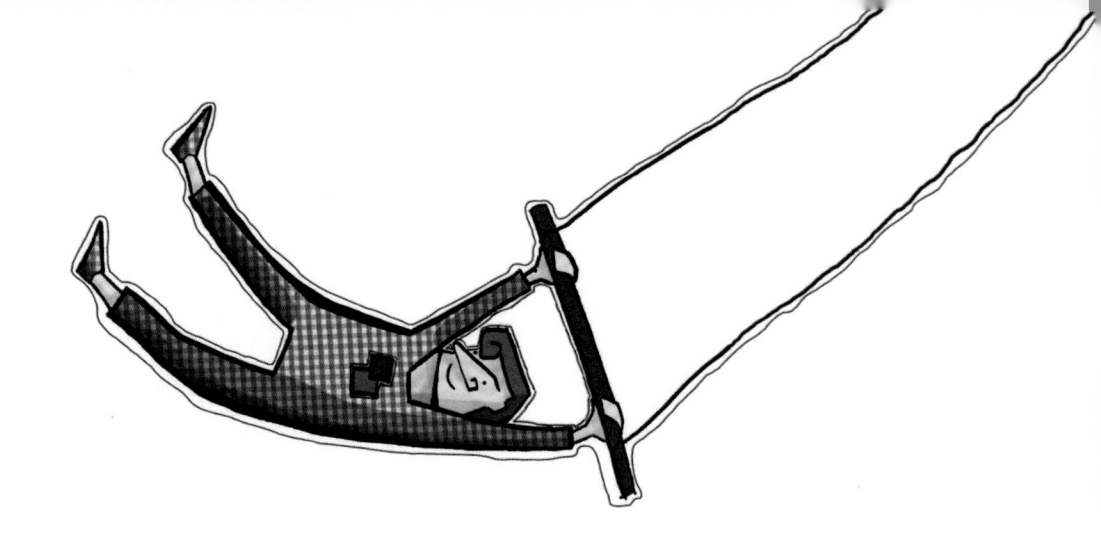

Vez ou outra, sua majestade reunia o povo na praça e permitia que todos se divertissem assistindo ao circo: havia elefantes, palhaços, pulgas amestradas e trapezistas. Havia até um domador que colocava a cabeça bem dentro da boca cheia de dentes do leão. Todos quadrados e azuis. Para a grande felicidade do rei.

Mas o seu maior orgulho era mesmo a escola. Ele gostava de ver os quadradinhos decorando a tabuada e as datas comemorativas. O aniversário do nobre soberano, o quadrado real, era a data mais importante. Os alunos eram todos bem quietos e comportados. Uma beleza!

Até que um dia...

Numa casinha isolada, quase lá no fim da curva do horizonte, nasceu uma criança diferente. Aliás, muito diferente. Tão diferente que os pais fizeram cara de espanto e disseram:

— Ai, ui, ai. E ai.

O susto foi porque o menino não era quadrado e muito menos azul. Tinha uma forma esquisita, que se parecia com a lua em noite de clarão, e uma cor forte, semelhante à do sol no final do dia.

— E agora? — perguntou o pai, azul de tanta preocupação.

— Ora, ora — falou a mãe. — Nosso bebê não é quadrado-azul, mas é tão bonitinho. Temos um filho diferente dos outros. Isso não é legal?

O pai pensou bem. Não é que o menino era bonito mesmo! E não era nem azul nem quadrado. Eles nunca pensaram que poderia nascer alguém diferente no reino. Ainda mais filho deles. Porém, a vida tem lá suas surpresas. Não tem?

10

O tempo passou. Afinal, o tempo só sabe passar mesmo. E o bebê, parecido com o sol e com a lua, cresceu e, embora os outros quadrados o olhassem de modo desconfiado, seu pai e sua mãe andavam com ele pelas ruas do reino, bem felizes. Orgulhosos por terem um filho tão especial.

Até que um dia... os três se encontraram com o rei.

— Quem é esse menino? — berrou o soberano, o rosto se tingindo de vários tons de azul.

— É nosso filho! — disseram os pais.

— Mas ele é redondo — falou o rei, todo assustado. — E é vermelho como o sol!

— Redondo? Vermelho? Mas o que é redondo-vermelho?

Os pais encheram o rei de perguntas, porém ele desconversou e mandou que levassem o menino para a escola. Disse que lá aprenderia a ser quadrado e azul.

— Será melhor para o reino. Todos iguais, sem diferenças.

Mal o menino diferente chegou à escola, e o sorriso que trazia no rosto sumiu. A professora era uma quadradona-azul bem forte. Usava óculos e adorava elogiar os alunos quietinhos. Ela foi logo mandando o menino cara-de-sol sentar bem na frente. Assim prestaria mais atenção e se transformaria mais rápido em um lindo quadrado-azul.

— Cuidado com a prova!

— Comporte-se!

— Decore a tabuada!

— Quieto! Quietinho!

— Caladinho!

— Sente direito! Assim, as pernas debaixo da mesa.

O menino pensava: "Mas eu não quero ser quadrado nem azul. Sou feliz do jeito que sou, ora. Qual o problema de ser assim?". Porém, ninguém respondia às suas perguntas. E ele ficava lembrando as palavras do rei: vermelho, redondo, vermelho, redondo, vermelho...

Pensou tanto que descobriu a verdade: ele não era quadrado e azul como os outros, porque tinha nascido diferente. Não sabia o motivo. Só sabia que não era igual. Só isso.

— Eu sou redondo e vermelho!

— Fique quieto! Não diga bobagens!

— Mas é verdade. Eu sou redondo e vermelho!

Como resultado de sua desobediência, Redondo-vermelho terminou ficando de castigo. Seus pais foram chamados à escola. Se o menino não se comportasse, seria mandado ao rei. E se isso não adiantasse, seria expulso do colégio e do reino.

— Afinal, que história boba é essa de querer ser diferente? — foi perguntando a professora.

O menino, para não deixar seus pais tristes, procurava se comportar e tentava aprender todas as lições. Decorava, uma por uma, as regras para ficar quadrado e azul. Mas, na sua cabeça, só pensava: "Eu sou redondo e vermelho".

Uma tarde, entrou na biblioteca. Seus olhos se arregalaram diante de tantos livros, tantas histórias, tanta poesia. Numa estante mais afastada, Redondo encontrou um livro muito antigo. A capa não era azul nem vermelha. Era de uma cor que ele nunca havia visto. Ficou curioso, abriu o livro e começou a ler.

O livro dizia que, antigamente, no reino quadrado havia gente de todas as formas e de todas as cores. Existiam triângulos, retângulos, losangos, redondos, quadrados e muito mais. Seres das mais diversas cores: azuis, vermelhos, amarelos, verdes, roxos, rosa, cinza.

Ele ficou surpreso, mas revelou o segredo apenas para um dos colegas: um quadradinho que tinha uma das pontas achatada e uma mancha vermelha no meio do azul.

— Nós podemos ter a cor e a forma que quisermos: a forma do telhado das casas, a forma do sol ou dos nossos olhos... É verdade. Eu li num livro.

— Mas, se é assim, por que todo mundo é azul e quadrado?

Os dois se olharam e falaram juntos:

— A escola! É ela que faz todo mundo ser azul e quadrado.

Então, contaram a história para os outros colegas. E ela foi se espalhando feito poeira ao vento. Cada um foi se tornando o que queria ser e, aos poucos, a escola começou a ficar cheia de alunos de todas as formas e de todas as cores.

Em suas casas, as crianças revelaram a descoberta aos pais e, quando o rei percebeu, seu povo não era mais todo quadrado e azul. Muitos já haviam se libertado da casca azul e quadrada que os envolvia.

— E agora? Que vou fazer? — gritava a professora, apavorada e, ao mesmo tempo, fascinada por ver tanta alegria nos rostos de seus alunos. E tanta cor. Era bonito demais!

O rei, no entanto, ficou furioso com tamanha insubordinação. Expulsou a professora quadrada e azul e foi ele mesmo dar as aulas.

— Afinal, eu sou ou não sou o grande soberano? Repitam comigo: é bom ser azul, é bom ser quadrado! É bom ser azul, é bom ser quadrado!

Mas era tarde.

O povo se reuniu na praça, e o rei foi mandado embora. Todos decidiram que não haveria mais rei. Que, agora, juntos seriam responsáveis pelo reino. Redondo até declamou assim:

— *A praça! A praça é do povo, como o céu é do condor!**

Decidiram também que a escola seria um local para cada um descobrir e construir sua forma: quem quisesse ser quadrado-azul poderia continuar sendo, mas, quem não quisesse, teria o direito de se libertar e ter a cor de seu sonho mais bonito.

*   ALVES, Castro. O povo ao poder. In: _____. *Poesias Coligidas*. Disponível em: <http://www.dominiopublico.gov.br/download/texto/ua00072a.pdf>. Acesso em 07 ago 2007.

A biblioteca passou a ser o lugar mais frequentado da escola. Espaço para o encontro com mais e mais fantasia, mais e mais imaginação. Local que Redondo e seus amigos escolheram para se aventurarem em busca de outras e tantas descobertas.

E, assim, a partir daquele dia de festa, reinou a verdadeira felicidade e, na linha do horizonte, nasceu um enorme arco-íris, colorido de todos os tons e entretons.